Patricia St. John

# Flecky und Flauschi

Patricia St. John

# Flecky und Flauschi

bibellesebund
Verlag Bibellesebund Marienheide / Winterthur

CLV

Christliche Literatur-Verbreitung Bielefeld

7. Auflage 2014

Originaltitel: »The Other Kitten«
erschienen bei: Scripture Union (Bibellesebund), London

Deutsch von Ingeburg Bedke

Umschlag: Georg Design, Münster
Illustrationen: Judy Sivyer
Satz: Horst Klatt, Bielefeld
Druck: CPI – Ebner & Spiegel, Ulm

ISBN 978-3-87982-127-3 (BLB)
ISBN 978-3-89397-558-7 (CLV)

# 1

Mark lag noch schlaftrunken im Bett und versuchte, sich zu erinnern. Als er schließlich vollends aufgewacht war, trat ihm wieder alles lebhaft vor Augen. Er sprang aus dem Bett und rannte zum Fenster, öffnete es weit und lehnte sich hinaus.

Was für ein Morgen! Am Ende des Gartens ging gerade die Sonne hinter den Bäumen auf, und die Tautropfen im Rasen glitzerten wie Silber. Die Narzissen, die an verschiedenen Stellen wuchsen, leuchteten wie Gold. Die Vögel sangen aus voller Kehle. Mark kleidete sich schnell an und öffnete den Koffer, um nachzusehen, ob er nichts vergessen hatte. Er schob die Wäsche beiseite, die Mama eingepackt hatte, und suchte nach den Dingen, die ihm wichtig waren: Rollschuhe, Anorak, Schlagball, Badezeug, Taucherbrille und Schnorchel. Er war fest entschlossen zu baden; mochte Großmutter auch noch so sehr warnen, es sei noch zu kalt. Sein Schläger und das Netz zum Garnelenfangen waren auf dem Koffer verschnürt; den Fußball konnte er im Arm tragen. Es war für alles gesorgt.

Jetzt wollte er aber Karen wecken, damit sie sich wegen ihr nicht verspäteten, falls sie mit dem Packen noch ein Weilchen brauchen sollte. Er lief über den Flur in ihr Zimmer. Ihr offenes Haar bedeckte das Kissen. Er zog ihr die Bettdecke weg und kitzelte sie am Zeh. Sie setzte sich auf und wollte gerade lospoltern, als auch sie sich an das erinnerte, was ihnen bevorstand.

»Ist jetzt heute?«, fragte sie.

»Natürlich, du Dummerchen. Oder denkst du vielleicht, es sei gestern?«

Sie rannte ans Fenster. »Es ist schönes Wetter«, rief sie. »Ich will mich gleich noch von den Kaninchen verabschieden.«

Karen wusste genau, was sie mitnehmen wollte, und hatte alles schon am Vortag fertig verpackt – Schaufel und Eimer waren auf dem Koffer befestigt. Sie zog sich ihre Jeans und eine Bluse an und sauste nach unten in den Garten. Als Abschiedsgeschenk pflückte sie ein paar Löwenzahnblätter und verschwand damit hinter der Hausecke. Mark blieb allein zurück.

»Ich wecke am besten Mama und Papa«, überlegte er. »Wir wollen bis zum Mittagessen bei Großmutter sein, und sie brauchen immer viel länger zum Anziehen als wir.« Er beschloss, sie mit einer Tasse Tee zu wecken. Er bereitete ihn sehr sorgfältig zu, wärmte zuerst die Teekanne an und goss Sahne in den Milchtopf. Als er mit dem Tablett vor dem Schlafzimmer ankam, stieß er die Tür auf. Seine Eltern öffneten die Augen, blinzelten und gähnten.

»Was machst du denn hier, Mark?«, rief Papa entsetzt. »Es ist erst Viertel nach sechs.«

Mark setzte das Tablett auf dem Nachttisch ab. Er goss drei Tassen Tee ein und ließ sich mit seiner Tasse auf dem Bettvorleger nieder. »Du wolltest doch früh abfahren«, erinnerte er seinen Vater. »Ich hatte Angst, ich könnte verschlafen.«

»Ich habe nicht *so* früh gemeint«, knurrte Papa und gähnte nochmals. Aber dann setzten sich die Eltern im Bett auf und tranken ihren Tee. Es war gemütlich und noch halb dunkel im Schlafzimmer, und Mark fragte sich plötzlich, ob er überhaupt wegwollte. »Ihr sagt uns aber Bescheid, wenn das Baby kommt, nicht wahr?«, erinnerte

er sie. »Hoffentlich ist es ein Junge. Karen ist hoffnungslos im Fußballspielen.«

Mama lachte. »Es kann jetzt nicht mehr lange dauern«, versicherte sie. »Aber Karen wünscht sich ein Mädchen. Einer von euch wird also enttäuscht sein. Papa und ich haben beschlossen, uns über das zu freuen, was kommt. Übrigens, wo ist Karen?«

»Sie sagt den Kaninchen ›Auf Wiedersehen‹. Papa, du solltest jetzt lieber aufstehen – und du auch, Mama. Ihr braucht immer so lange zum Anziehen. Ich kann ja schon den Frühstückstisch decken und das Gepäck nach unten bringen.«

Papa brummte noch vor sich hin, meinte dann aber, es könne nicht schaden, früh abzufahren. »Je eher wir fahren, desto früher bin ich wieder zurück«, meinte er zu Mama, als er sich zu rasieren begann.

Mark wartete schon mit dem Frühstück, als die Eltern oben endlich fertig waren. Schließlich erschienen sie doch, und Karen kam vom Garten herein. Sie schluchzte verstohlen und sah traurig aus.

»Ich werde gut auf deine Kaninchen aufpassen, Karen«, versprach Mama. »Du brauchst dir darum keine Sorgen zu machen. Auf der Weide gegenüber von Großmutters Haus gibt es wilde Kaninchen.«

»Und im Wald laufen Eichhörnchen herum«, sagte Papa.

»Und Lämmer auf dem Bauernhof«, ergänzte Karen und sah schon wieder etwas fröhlicher aus.

»Und das alte Pferd, das seinen Kopf über den Zaun hängen lässt«, warf Mark ein. »Diesmal werde ich auf ihm reiten. Mr. Robertson hat es mir versprochen.«

»Mir auch«, versicherte Karen.

»Nein, du bist noch zu klein, hat Mr. Robertson gesagt.«

»Das ist nicht wahr!«

»Wohl.«

»Nein, das hat er nicht gesagt.«

»Schluss jetzt«, befahl Mama. »Wenn ihr euch die ganze Zeit so streitet bei Großmutter, schickt sie euch gleich wieder zurück. Mark, du bist der Ältere. Versprich mir, dass …«

»O.K.«, antwortete Mark. »Ich will es versuchen, aber Karen fängt immer an.«

»Tu ich aber nicht«, rief Karen.

»Tust du wohl.«

»Tu ich nicht.«

»AUFHÖREN!«, rief Papa so laut, dass sie beide gleichzeitig still waren. Sie stopften sich ihren Marmeladentoast in den Mund und stießen sich unter dem Tisch mit den Füßen.

»Lasst uns aufbrechen«, schlug Papa vor. »Das war eine gute Idee, uns so früh zu wecken, Mark. Wenn wir sofort losfahren, erreichen wir die Autobahn fast noch, bevor der Berufsverkehr einsetzt.«

Sie umarmten Mama und setzten sich auf die Rücksitze des Autos. Dann lehnten sie sich aus dem Wagen und warfen ihr Kusshände zu. Die Straßen waren noch menschenleer und die Geschäfte geschlossen. Bald hatten sie die Stadt hinter sich gelassen und fuhren durch die Frühlingslandschaft, in der die Wiesen mit Narzissen übersät waren und das junge Grün der Bäume zu treiben begann. Obwohl Karen es durch das Geräusch des Wagens nicht hören konnte, wusste sie doch, dass alle Vögel sangen und ihre Nester bauten. Sie hielt den Kopf aus dem Fenster und lachte vor Freude. Es würden bestimmt herrliche Ferien werden.

## 2

Es war eine wunderbare Fahrt, und sie stritten sich nicht ein einziges Mal. Sie spielten »Wer sieht die meisten Tiere?« Es ging darum, als Erster 100 Punkte zu erreichen. Ein Schaf zählte einen Punkt, eine Kuh einen, ein Pferd zwei, ein Schwein, eine Katze oder ein Hund je drei Punkte und ein Kaninchen vier Punkte. Karen sah sogar einen Igel. Der zählte fünf Punkte.

Als sie durstig waren, hielten sie an einer Raststätte, und jeder bekam eine Dose Limo und ein Eis. Bevor sie dann zum Wagen zurückrannten, probierten sie noch schnell einen Spielautomaten aus. Jetzt wurde es schon langsam warm, und der Verkehr hatte stark zugenommen. Mark war traurig, als sie die Autobahn verließen. Es machte ihm Spaß, die Lastwagen zu überholen. Aber Karen war froh. Sie mochte die kleinen, engen Straßen lieber, die sich aufwärts und abwärts wanden, auch die jungen Lämmer, die auf den Weiden der Berghänge grasten. Dann stießen sie plötzlich einen Freudenschrei aus, denn vor ihnen tauchte das Schild DEVONSHIRE auf. Das war die Grafschaft, in der die Großmutter wohnte.

»Jetzt dauert es nicht mehr lange«, versicherte Papa. »Bald werden wir den Fluss sehen, der von Ebbe und Flut bestimmt wird, und dann das Meer.«

Der erste Anblick des Meeres war immer ein besonderes Erlebnis. Heute war es sehr bewegt, und wohin man sah, tanzten kleine weiße Schaumkronen auf dem Wasser. Sie fuhren jetzt nach Süden. Die Kinder erkannten die Brücke wieder, die den Fluss überquerte, die steile Anhöhe zur Spitze der Klippen und die breite Küstenstraße. Dann sahen sie die kleinen Häuser des Dorfes und den Laden, bei dem sie links in Großmutters Gasse einbogen. Noch weitere zwei Minuten, und das Auto hielt vor Großmutters Haus. Da stand sie auch schon persönlich vor der Tür, um sie zu begrüßen. Sie sprangen in Windeseile aus dem Wagen, und Karen rannte direkt in ihre Arme.

»Darf ich in dem kleinen Zimmer schlafen, in dem die Decke bis auf den Fußboden reicht?«, flüsterte Karen.

»Hallo Großmutter«, rief Mark, schob Karen zur Seite und gab Großmutter einen Kuss. »Dürfen wir heute Nachmittag ans Meer, und darf ich schwimmen?«

Großmutter sah entsetzt drein.

»Im April?«, rief sie. »Das ist doch viel zu kalt. Was sagt denn Papa dazu?«

»Sie sind abgehärtet«, erwiderte Papa. »Kaltes Wasser schadet ihnen nichts. Wie geht es dir, Mutter? Es ist schön, dich wiederzusehen.«

Sie trugen das Gepäck ins Haus und brachten es nach oben. Karen bekam das Zimmer, in dem das Dach bis auf den Fußboden reichte, und Mark schlief in dem Raum mit Blick auf das Meer. Von dort konnte er die Schiffe beobachten, die den Kanal von Bristol hinauf- und hinunterfuhren. Sie hatten nicht viel Zeit zum Auspacken, denn das Mittagessen wartete schon auf sie. Sie eilten die Treppe hinunter in die kleine Küche, wo Großmutter mit Brathähnchen und Pommes frites wartete. Zum Nachtisch gab es Pudding.

Papa fuhr bald nach dem Mittagessen wieder ab. Großmutter verzichtete auf ihr Mittagsschläfchen und holte das Auto heraus, denn die Straße zu den Klippen war lang und steil. Mark und Karen warfen ihr Badezeug, Schnorchel, Schaufel und Eimer auf den Rücksitz. »Müssen wir im Auto fahren?«, fragte Mark. »Können wir nicht laufen?«

»Wenn ihr am Straßenrand bleibt, ja«, erlaubte Großmutter. »Aber ich laufe nicht; ihr werdet noch froh sein, im Auto zurückfahren zu dürfen. Na, dann bis später.«

Sie liefen durch die dunklen Wäldchen, in denen die Bäche an der Straße entlangplätscherten, und dann wieder hinaus in den Sonnenschein, wo kleine Häuschen die Straßen säumten und große Büschel Primeln am Weg wuchsen. Großmutter fuhr hinter ihnen her, parkte das Auto und ging mit ihnen den steinigen Pfad hinunter, der an den Strand führte. Sie waren am Ziel. Die Sonne schien, und kleine Wellen trugen Schaum auf den Sand.

»Schnell«, rief Mark und zog schon seine Kleider aus. »Wo ist mein Schnorchel?« Er lief zum Meer, aber Karen hatte es nicht so eilig. Es war sehr kalt, und sie blieb nicht lange im Wasser. Dafür baute sie zusammen mit Großmutter eine ganz große Sandburg, um die Flut fernzuhalten.

»Wie weit kommt das Wasser?«, wollte Karen wissen.

»Bis an die Mauer«, erklärte Großmutter, »und es steigt sehr schnell. Schau, es ist fast kein trockener Sand mehr da. Wir müssen die Handtücher bald wegholen, und unsere Burg wird auch nicht mehr lange stehen.«

Mark kam aus dem Wasser, um ihnen zu helfen. Sie schaufelten noch mehr Sand auf die Rückseite der Burg und legten Steine davor. Aber es half nichts. Sie fiel bald zusammen, und es schien, als ob das Meer die Küste hinauflaufen wollte. Die anderen Leute am Strand packten jetzt ihre Sachen zusammen. Mark und Karen waren froh, dass sie nicht zu Fuß auf den Hügel zurücklaufen mussten. Es war ein langer, ereignisreicher Tag gewesen. Als sie endlich zu Hause ankamen, Tee getrunken und das Pferd besucht hatten, waren sie richtig müde. Gegen sieben Uhr fielen Karen die Augen zu.

»Du kannst doch noch nicht ins Bett gehen«, rief Mark entsetzt. »Es ist noch viel zu früh.«

»Das kommt von der Meeresluft«, erklärte Großmutter, »und vom frühen Aufstehen. Ich schlage vor, ich mache euch jetzt etwas zu essen, und dann geht ihr ins Bett. Ich erzähle euch noch eine Geschichte.«

»O ja«, rief Karen. Sie hörte Großmutter gern zu. Mark dachte, für Gute-Nacht-Geschichten sei sie eigentlich schon zu alt. Aber er hatte nichts dagegen, sich Karens Geschichte mit anzuhören. Er gähnte herzhaft.

»Ich glaube, ich gehe auch ins Bett«, sagte er. »Vielleicht komme ich auch zu der Geschichte. Handelt sie von Schmugglern und Piraten?«

Großmutter lachte. »Nein«, antwortete sie. »Davon erzähle ich euch, wenn wir das Museum besichtigen. Kommt jetzt erst mal zum Abendessen.«

Eine halbe Stunde später hatte sich Karen in ihr Bett gekuschelt, und Großmutter saß neben ihr. Durch das offene Dachfenster konnten sie den Himmel sehen, der vom Sonnenuntergang rot angeleuchtet war. Ein Wind blies vom Meer herüber, und Karen fragte sich, wie es jetzt wohl am Strand aussah mit den hohen Wellen, die sich an den Klippen brachen. Es schauderte sie.

»Ist jetzt Flut?«, fragte sie.

»Sie läuft gerade wieder ab«, antwortete Großmutter. »Morgen wird sehr viel Sand angeschwemmt sein. Soll ich dir die Geschichte von dem Schiff im Sturm erzählen?«

Am Bett war ein heftiger Aufprall zu spüren. Mark kam im Schlafanzug dazu. »Ich auch«, sagte er und kroch unter die Wolldecke. Da erzählte die Großmutter ihnen von einer dunklen Nacht vor langer Zeit, als der Wind vom Gebirge herunterfegte, die Wellen hochpeitschte und die zwölf Freunde Jesu vom Sturm überrascht wurden, als sie den See überqueren wollten. Sie glaubten, ihr Schiff würde versinken, und wünschten sich, Jesus bei sich zu haben. Aber Jesus war am Ufer zurückgeblieben.

»Dann sahen sie, wie jemand auf sie zukam, der auf den Wellen ging. Sie waren sehr erschrocken und dachten, es sei ein Gespenst. Doch es war Jesus. Er redete sie an und sagte ihnen, sie sollten keine Angst haben.«

»Die Geschichte habe ich schon gehört«, unterbrach Mark. »Ich glaube nicht, dass sie stimmt. Niemand kann auf dem Wasser gehen.«

»Du nicht«, sagte Großmutter, »aber wenn Jesus wirklich Gott ist, dann hat er das Meer und das Land selbst gemacht. Und wer etwas erschafft, kann damit machen, was er will.«

»Ach, sei doch still, Mark«, warf Karen ein. »Erzähl weiter, Großmutter, was geschah dann?«

Großmutter fuhr fort: »Petrus, einer der Freunde, sagte zu Jesus: ›Herr, wenn du es bist, dann befiehl mir, auf dem Wasser zu dir zu kommen.‹

›Komm‹, sagte Jesus, und Petrus stieg aus dem Schiff und ging auf dem Wasser. Dabei sah er Jesus die ganze Zeit an. Aber plötzlich sah er die großen schwarzen Wellen. Er bekam Angst und fing an zu sinken. ›Herr, rette mich!‹, rief er.

Jesus ergriff ihn bei der Hand. ›Warum hattest du Angst?‹, fragte er. ›Warum hast du mir nicht vertraut?‹

Sie gingen zusammen zum Schiff. Sobald sie eingestiegen waren, legte sich der Wind. Alles war ruhig. Sie waren sicher, weil Jesus bei ihnen im Schiff war. – Und so ist es auch heute noch«, ergänzte Großmutter. »Jesus hat uns lieb. Wenn er bei uns ist und auf uns achtgibt, dann sind wir sicher und glücklich. Aber wir müssen ihn darum bitten.«

Draußen war es jetzt dunkel geworden, und zwei Sterne schienen ins Dachfenster. Karen war fast eingeschlafen. Es war eine spannende Geschichte gewesen, und sie war froh, dass sie so gut ausgegangen war. Sie waren geliebt, sicher und glücklich, weil Jesus da war. Sie dachte an den Wind und die Wellen und die Flut. Sie wollte auch gern immer so sicher und glücklich sein. Sie nahm sich vor, Großmutter zu bitten, ihr an einem anderen Abend mehr von Jesus zu erzählen.

# 3

Die nächsten drei Tage verliefen in froher Einmütigkeit. Wenn die Sonne schien, blieben sie am Strand, und wenn es trübe oder regnerisch war, gingen sie zum Bauernhof und fütterten ein mutterloses Lamm mit der Flasche.

Eines Morgens wurde ein Lamm geboren, und sie sahen zu, wie es seine ersten wackeligen Geh-

versuche unternahm. Jeden Abend telefonierten sie mit Mama, um zu hören, ob das Baby schon angekommen sei. Aber es schien sich Zeit zu lassen. Sie hörten Neuigkeiten über die Kaninchen und erzählten Mama und Papa, was sie unternommen hatten. Am ersten Abend gerieten sie in Streit um den Telefonhörer und hätten das Telefon fast zu Boden gerissen. Daher blieb Großmutter jetzt immer in ihrer Nähe und teilte ihnen abwechselnd eine Minute Sprechzeit zu.

Jeden Abend, wenn Karen unter ihre Bettdecke geschlüpft war, erzählte Großmutter ihr eine Geschichte aus der Bibel. Karen kam zu dem Schluss, dass die Bibel ein sehr interessantes Buch sein musste, wenn es so viele Geschichten von Jesus enthielt. Er war so freundlich, half den anderen und machte sie gesund und froh. Großmutter sagte, auch wenn man ihn nicht sehen könne, sei er immer da, um all denen zu helfen, die ihn darum bäten. Mark behauptete immer noch, dass er nicht daran glaube, und wollte lieber Geschichten von Schmugglern und Piraten hören. Aber er kam trotzdem immer dazu und rollte sich am Fußende des Bettes warm ein. Manchmal, wenn Großmutter unterbrach, bat er sie, mit Erzählen fortzufahren.

Die Zeit flog nur so dahin, und es war schon der vierte Tag angebrochen, als sie sich das erste

Mal richtig stritten. Sie waren gerade mit dem Frühstücken fertig. Großmutter telefonierte gerade, sodass sie allein in der Küche waren.

»Ich gehe zum Pferd«, sagte Mark. »Sag Großmutter Bescheid.«

»Das kannst du nicht«, protestierte Karen und versperrte ihm den Weg zur Tür. »Du bist mit Geschirrabtrocknen an der Reihe. Großmutter hat gesagt, wir müssen ihr abwechselnd helfen.«

»Ich war gestern dran«, sagte Mark. »Geh mir aus dem Weg.«

»Das stimmt nicht«, rief Karen. »Ich habe nach dem Abendessen abgetrocknet.«

»Abendessen zählt nicht. Das ist ja nur wenig Geschirr. Ich habe nach dem Mittagessen abgetrocknet, darum bist du jetzt an der Reihe.«

»Bin ich nicht!«

»Doch!«

»Nein, und ich tue es auch nicht!«

»Ich auch nicht. Mach, dass du wegkommst!«

»Ich erzähle es Großmutter.«

»Das ist mir egal. Mach Platz, oder ich schubse dich zur Seite.«

»Das kannst du nicht!«

»Kann ich wohl.« Und er tat es auch. Als Großmutter zurückkam, lagen sie beide auf dem Fußboden, schrien und stießen und kratzten sich gegenseitig. Karen war jünger als Mark, aber sie konnte ganz schön heftig werden.

Aber Großmutter nicht weniger. Sie zog die beiden auseinander und befahl ihnen aufzustehen. Karen weinte, und Mark blickte trotzig vor sich hin.

»Er hat mich am Kopf geschlagen«, schluchzte Karen.

»Und sie hat mich gebissen«, grollte Mark, wobei er die Bisswunde an seinem Arm vorzeigte. »Sie ist eine Heulsuse, und sie ist mit Abtrocknen an der Reihe.«

»Bin ich aber nicht!«

»Bist du wohl! «

»Hört jetzt auf!«, rief Großmutter energisch dazwischen. »Ihr werdet beide abtrocknen, und wenn ihr so weitermacht, könnt ihr in euren Zimmern bleiben, statt zum Strand zu gehen. Das wäre sehr schade, denn draußen ist wunderschönes Wetter.« So trockneten sie in eisigem Schweigen ab und schnitten sich hinter Großmutters

Rücken Grimassen. Als sie fertig waren, holte Großmutter eine Einkaufstasche und eine Liste.

»Geht jetzt zum Laden«, sagte sie, »und vertragt euch wieder. Heute ist der schönste Tag von allen, seit ihr hier seid. Wenn ihr fröhlich zurückkommt, wollen wir heute Nachmittag den Leuchtturm besichtigen.«

Sie machten sich auf den Weg. Lange Zeit gingen sie in gebührendem Abstand voneinander die Straße entlang. Aber Großmutter hatte recht. Es war schwierig, an einem so hellen Tag weiter an Streit zu denken, wenn alles so fröhlich aussah. Die Vögel zwitscherten aufgeregt, und die Lämmer hüpften um ihre Mütter herum. Mark versuchte, Karen einzuholen, und Karen blieb schnaufend stehen. Als sie den Laden erreicht hatten, waren sie wieder miteinander versöhnt und überlegten, was sie für ihr Taschengeld kaufen wollten.

Es gab nur diesen einen Laden im Dorf, und sie mussten eine Weile warten, bis sie an der Reihe waren. Mark stand mit dem Korb in der Schlange, während Karen den Laden verließ und sich draußen etwas umsah. Hinter dem Laden führte ein Pfad zu einigen Häusern hoch und endete oben auf dem Hügel beim Campingplatz. Sie waren noch nie dort gewesen, aber Karen konnte sich vorstellen, dass man von dort einen herrlichen Ausblick über die Küste hatte. Mark würde sicher noch lange anstehen müssen. Sie wollte ein wenig nach oben laufen und nachsehen.

Aber sie kam nicht bis zur Höhe des Hügels, denn als sie das Tor zum ersten Haus erreichte, sah sie ein Schild. Es war das aufregendste Schild, das sie je gesehen hatte, und sie stand da und starrte es an. Darauf war zu lesen:

JUNGE KATZEN KOSTENLOS AN GUTES ZUHAUSE ABZUGEBEN

»Wir haben ein gutes Zuhause«, dachte Karen. Ein Kätzchen war fast so schön wie ein kleines Baby. Das musste sie sofort Mark erzählen. Sie rannte zum Laden und fand Mark, der gerade mit dem Einkaufen fertig war. Er stand an der Tür und hielt Ausschau nach ihr. Sie zog ihn an seiner freien Hand zu sich her.

»Komm schnell«, rief sie. »Ich habe etwas Tolles gefunden.«

»Was denn?«

»Komm und sieh es dir an.« Sie packte den Korb und zog ihn fast den Berg hinauf. Als sie das Schild erreicht hatten, blieben sie stehen und starrten es an.

»Ob Großmutter es erlauben würde?«, fragte Mark.

»Sie kann gar nicht anders, wenn wir einfach ein Kätzchen mitbringen«, antwortete Karen. »Wir nehmen es dann ja sowieso bald mit nach Hause. Mama hat bestimmt nichts dagegen.«

»Wir wollen sie aber doch lieber erst fragen«, warf Mark zögernd ein. Er wollte auf jeden Fall zum Leuchtturm fahren und darum keinen Streit mehr auslösen. »Aber wir könnten sie uns auf jeden Fall mal ansehen.«

»Ja, los«, drängte Karen, stieß das Tor auf und lief den Weg entlang. Sie klingelte, und eine Frau öffnete die Tür.

»Wir wollten uns die jungen Katzen ansehen«, erklärte Karen. »Wir haben ein gutes Zuhause. Wir sind bei Mrs. White, sie ist unsere Großmutter.«

»Kommt herein«, forderte die Frau sie auf. »Sie sind jetzt alt genug, um ohne ihre Mutter auszukommen, und ich bin froh, wenn ich sie los bin. Eure Großmutter kenne ich gut. Sie weiß, wie man mit Katzen umgeht. Sie sind alle hier im Schuppen.«

Mark und Karen hockten sich im Schuppen auf den Boden und vergaßen alles um sich her. Vier Kätzchen waren da mit langem, flauschigem Fell und runden, blauen Augen. Sie kletterten aus dem Korb und wieder hinein oder umlagerten ihre Mutter, um zu trinken. Karen griff nach einer gelb getigerten Katze, Mark nahm eine schwarze auf den Arm mit vier weißen Pfötchen und einer weißen Nase.

»Die nehmen wir«, bestimmte er. »Sie soll Flecky heißen wegen der weißen Flecken an den Pfoten und auf der Nase.«

»Nein«, rief Karen, »wir nehmen diese. Sie soll Flauschi heißen, weil sie so weich ist.«

»Nein«, entgegnete Mark. »Ich bin der Ältere, darum kann ich sie aussuchen. Und ich bin für diese. Ich teile sie mit dir; du wirst sie bestimmt bald gern haben.«

Aber Karen wollte die gelbe Katze mehr als alles auf der Welt.

»Ich habe das Schild zuerst gesehen«, rief sie. »Ich wollte, ich wäre ohne dich hierher gekommen. Ich will diese haben oder gar keine.«

Die Frau nahm die Kätzchen eilig zur Seite. Sie fürchtete, die Kinder könnten aneinandergeraten und die Kätzchen in zwei Hälften zerreißen.

»Du liebe Güte«, rief sie. »Ich gebe euch überhaupt keine Katze, wenn ihr euch so darum streitet. Geht zu eurer Großmutter zurück und fragt sie, was sie dazu meint. Wenn ihr euch geeinigt habt, könnt ihr sie ja bitten mitzukommen. Ich passe auf die Kätzchen auf, bis ich von euch höre.«

Sie führte die Kinder in den Garten und verschloss die Tür hinter ihnen. Mark stieß Karen in die Seite. »Siehst du, nun hast du sie beide verloren«, sagte er böse. »Sie erzählt es bestimmt Großmutter, dass wir uns gestritten haben, und dann sagt sie, wir dürfen gar keins haben. Du verdirbst immer alles.«

»Das ist nicht wahr«, schluchzte Karen und schlug zurück, so fest sie konnte. »Es waren meine Kätzchen, und ich habe sie gefunden. Ich hasse dich! Ich laufe weg, das hast du davon. Dann komme ich wieder und behalte Flauschi ganz für mich allein!«

Sie schlug das Tor hinter sich zu und rannte den Hügel hinunter. Wegen der Bäume konnte Mark nicht sehen, welchen Weg sie einschlug.

# 4

Mark wartete ein paar Minuten, nur um Karen zu beweisen, dass es ihm egal war, wenn sie weglief. Dann ging er zum Laden zurück und sah sich um. Doch er konnte sie nirgendwo sehen.

Wahrscheinlich versteckte sie sich, aber er hätte gern gewusst, wo. Vielleicht war sie schnell um die Wegbiegung gelaufen, die zum Häuschen der Großmutter führte. Vielleicht erzählte sie Großmutter jetzt Lügen, und Großmutter würde denken, es sei alles seine Schuld gewesen. Aber das stimmte überhaupt nicht! Er war der Ältere, und die schwarzweiße Katze war bei weitem die schönste. Er wollte so gern den Leuchtturm besichtigen. Er schniefte und tat sich selbst sehr leid.

Vielleicht war Karen auch auf die Weide gelaufen, die dem Laden gegenüberlag, und verbarg sich hinter dem Schuppen. Er war sich ziemlich sicher, dass sie nicht den gewundenen kleinen Weg zum Meer hinuntergelaufen war, weil sie Angst hatte in dem dunklen Wäldchen. Wenn sie sich nicht stritten, hielt er sie immer an der Hand, wenn sie unter den Bäumen entlangwanderten. Er fühlte sich auch nicht besonders sicher dort.

Er beschloss, hinter dem Schuppen nachzusehen. Wenn sie nicht dort war, wollte er nach Hause gehen und durch die Küchentür spähen, um zu sehen, ob sie schon zurückgekehrt wäre. Sollte sie noch nicht dort sein, konnte er ja so tun, als wollten sie draußen spielen. Dann würde er so lange draußen warten, bis Karen zurückkäme. Karen war doch ein richtiges Baby! »Warte, bis ich dich erwische!«, flüsterte er. »Ich werde es dir zeigen, aber erst, wenn wir den Leuchtturm gesehen haben!«

Aber Karen war nicht hinter der Scheune noch sonst irgendwo auf der Weide. Er war ein Stück gelaufen und hatte in der Hecke nachgesehen. Aber statt Karen fand er nur das Nest eines Rotkehlchens – kunstvoll aus Moos gearbeitet – mit fünf kleinen Eiern. Es war so schön, dass er Karen fast vergessen hätte. Er wartete ziemlich lange im Gras, bis das Rotkehlchen zurückkam. Dann stahl er sich auf Zehenspitzen davon. Schade! Hätte er sich nicht mit Karen gestritten, dann könnte er ihr das Nest zeigen. Sie hätte sich bestimmt darüber gefreut.

Jetzt wollte er lieber seinen Korb nach Hause bringen und nachsehen, was dort inzwischen passiert war. Und wenn er nett war zu Karen, würden sie vielleicht doch noch zum Leuchtturm fahren. Er eilte die Straße entlang und steckte seine Nase vorsichtig durch die Hintertür des Hauses.

In der Küche war alles still. Großmutter war allein und bügelte. Sie sah auf und lächelte.

»Endlich!«, sagte sie. »Ich dachte, ihr wärt verloren gegangen mitsamt dem Eingekauften. Wo ist Karen?«

»Hm … sie spielt draußen. Können wir ein wenig zum Bauernhaus rübergehen?«

»Ja, aber nur eine halbe Stunde. Wir wollen pünktlich essen, um dann gleich zum Leuchtturm aufbrechen zu können.«

Mark rannte zum Bauernhof, aber Karen war nicht dort. Er begann, sich ernsthaft Sorgen zu machen. Was würde Großmutter nur sagen, wenn Karen nicht zum Essen nach Hause kam? Wo war sie nur? Zum ersten Mal machte er sich ernsthaft Sorgen, nicht nur wegen Großmutter und dem Leuchtturm, sondern wegen Karen selbst.

Er ging zum Laden zurück, aber der Besitzer hatte sie nicht gesehen. Er stand auf der steilen Straße, die sich zum Meer hinunterwand, und wurde noch besorgter. Aber sie konnte unmöglich ganz allein dorthin gelaufen sein, da war er sich ganz sicher. Als die halbe Stunde um war, hatte er keine andere Wahl mehr, als zu Großmutter zurückzukehren und ihr alles zu erzählen. Er schleppte sich in die Küche.

»Kommt rein«, empfing ihn Großmutter. »Das Essen ist fertig. Ich habe schöne Plätzchen gebacken. Wo ist Karen?«

Mark ließ den Kopf hängen. »Ich kann sie nicht finden«, stammelte er. »Sie ist weggelaufen. Ich habe überall nach ihr gesucht.«

»Sie ist weggelaufen? Aber du sagtest doch, ihr gingt zum Bauernhof. Ist sie von dort aus weggelaufen?«

»Es war schon vorher, beim Laden. Ich habe sie überall gesucht, ehrlich.«

»Aber du sagtest doch, sie spiele draußen. Wann genau hast du sie verloren? Sag es mir sofort, Mark. Wie lange ist sie schon weg?«

Mark brach in Tränen aus. An ihrer Stimme merkte er, dass sie Angst hatte, und er fürchtete sich plötzlich auch.

»Ich weiß es nicht«, schluchzte er. »Sie lief einfach weg. Ich konnte nicht sehen, wohin sie rannte. Wir waren auf dem Hügel hinter dem Laden, und sie verschwand hinter den Bäumen. Als ich unten ankam, war sie fort.«

»Wenn sie nicht nach Hause gekommen ist und nicht auf dem Bauernhof war, dann muss sie ans

Meer gelaufen sein. Es war sehr ungezogen von dir, Mark, dass du es mir nicht früher erzählt hast. Wir müssen sofort hinunterfahren und sie suchen. Wenn wir sie nicht finden, müssen wir die Polizei benachrichtigen.«

Großmutter rannte zur Garage und holte den Wagen. Dann rief sie den Nachbarn an und bat ihn, sich um Karen zu kümmern, falls sie in ihrer Abwesenheit nach Hause kommen sollte. Mark setzte sich auf den Beifahrersitz. Langsam fuhren sie die Straße entlang und hielten sorgfältig nach beiden Seiten Ausschau. Keiner von ihnen sprach ein Wort. Die Straße endete bei den weißen Häuschen und dem Laden, in dem man Obst, Eis, heißen Tee und blaues Steingutgeschirr kaufen konnte. Von dort aus führte ein steiniger Fußweg zum Strand hinunter.

Aber der Strand war nicht zu sehen. Die Flut war hereingebrochen, und die blauen, funkelnden Wellen brachen sich an den Klippen.

Großmutter drehte sich um und sprach mit einem Ehepaar, das draußen vor dem Laden an einem Tisch saß und Tee trank.

»Wir suchen ein kleines, achtjähriges Mädchen«, berichtete Großmutter. »Haben Sie zufällig ein Kind gesehen, das allein war?«

Der Mann sah seine Frau an.

»Ja, in der Tat«, sagte die Frau, »vor etwa einer Stunde, als wir vom Strand zurückkamen. Erinnerst du dich nicht mehr, John? Ein kleines Mädchen rannte an uns vorbei. Es war sehr niedlich, mit blonden, lockigen Haaren. Ich dachte, seine Eltern seien dort unten am Strand. Aber es kann nicht mehr dort sein. Die Flut ist da.«

»Und sie haben sie nicht wiedergesehen?«

»Nein, ich erinnere mich nicht. Aber wir waren eine Zeit lang im Laden und haben es vielleicht nicht bemerkt.«

»Vielen Dank.« Großmutters Stimme klang fremd und heiser. Mark blickte verstohlen zu ihr auf und bemerkte, dass ihr Gesicht ganz blass geworden war. Sie schien ihn völlig vergessen zu haben.

»Sie könnte bis zur nächsten Bucht gelaufen sein«, bemerkte Großmutter jetzt. »Die Klippe ist weiter hinten, und vielleicht ist es noch nicht zu spät. Wir müssen sofort die Küstenwache benachrichtigen.«

Sie eilte zum Laden zurück und ließ Mark allein auf dem Weg stehen, der hier zu einem steinigen Pfad wurde. Mark starrte aufs Meer hinaus. Wo war Karen nur, wo?

# 5

Wo war Karen?

Als sie den Garten mit den Kätzchen verließ, war sie so böse, dass sie kaum wusste, was sie tat. Sie wollte einfach nur weglaufen, um Mark Angst zu machen. Wenn sie möglichst lange wegblieb, würde Großmutter sehr böse auf Mark sein, weil er nicht auf sie aufgepasst hatte. Darum nahm sie sich vor, weit wegzulaufen, um sich möglichst richtig zu verirren.

Sie wollte bis ans Meer rennen und sich hinter den Klippen verstecken. Mark würde sie mit seinem schweren Korb nie einholen. Sie war so wütend, dass sie das dunkle Wäldchen kaum bemerkte. Sie war viel zu sehr damit beschäftigt, an das süße, getigerte Kätzchen zu denken und ihren Hassgefühlen gegen Mark freien Lauf zu lassen. »Flauschi«, weinte sie vor sich hin, »ich möchte dich so gern haben. Wenn ich es Mark nur nicht gezeigt hätte. Wäre ich bloß allein gegangen und hätte es einfach mitgenommen! Ich will nicht nach Hause gehen, noch lange nicht. Ich hasse ihn.«

Sie rannte mitten durch das Wäldchen und war bald darauf wieder im Sonnenlicht. Die Büschel von Primeln am Wegrand leuchteten wie große gelbe Tümpel. Karen hielt an, um daran zu riechen, und entdeckte ein paar weiße Veilchen, die unter einem Farn Schutz suchten. Sie roch auch daran, pflückte sie aber nicht. Sie wollte ja noch lange nicht nach Hause, und in der Zwischenzeit konnten sie längst verwelkt sein.

Hier im Sonnenschein fühlte sie sich wohler. Als sie die Häuser erreicht hatte und den Pfad hinunterblickte, der zum Meer führte, war sie schon fast entschlossen, zum Mittagessen wieder nach Hause zurückzukehren. Aber sie hatte noch viel Zeit. Sie konnte sich eine Weile verstecken, falls Mark ihr folgen und sie suchen sollte.

An den Strand wollte sie lieber nicht gehen, denn die Flut stand schon ziemlich hoch, und die Leute kamen bereits alle zurück. Aber sie sah einen kleinen Pfad, der am Fuß der Klippen entlangführte. Er schien nach einer Weile um die Ecke zu biegen. Da würde Mark bestimmt nicht nach ihr suchen.

Es machte Spaß, an diesem hellen Aprilmorgen am Wasser entlangzulaufen. In den Klippen nisteten Möwen, und während Karen sie beim Fliegen beobachtete, vergaß sie ihre Sorgen fast. Wenn sie sich bloß nicht gestritten hätten – dann könnte sie Mark die Möwennester zeigen. Das würde ihm gefallen.

Der Pfad bog jetzt um eine Ecke, und sie befand sich plötzlich in einer kleinen Bucht, die von Klippen eingegrenzt war. Es gab viel Platz und eine Menge Sand, und das Wasser schien weit weg zu sein. Sie war bisher noch nicht hier gewesen. Wie aufregend das war. Sie nahm sich vor, dass sie mit Mark hierher kommen wollte, wenn sie sich wieder vertragen hätten. Hier war es noch hübscher als am Strand – sie begann nach Muscheln zu suchen. In den Felsen befanden sich kleine Tümpel. Seeanemonen winkten ihr mit ihren Ranken zu, und kleine Krabben schnellten hin und her. Es war so warm und still und geschützt, dass sie fast eingeschlafen wäre. Sie hatte keine Ahnung, wie spät es geworden war.

Erst als sie aufblickte, bemerkte sie, wie nah das Meer inzwischen herangekommen war, und sie erschrak. Es war sicher schon fast Mittagszeit, und sie musste noch den steilen Weg wieder hinaufsteigen. Plötzlich wollte sie so schnell wie möglich nach Hause. Mark hatte sich sicher schon lange genug Sorgen um sie gemacht. Und Großmutter hatte ebenfalls genug Zeit gehabt, böse auf ihn zu sein. Ob Großmutter vielleicht auch böse auf sie war?

Sie rannte an die Stelle, wo der Pfad um die Ecke bog. Und dann vergaß sie Mark, Großmutter und alles andere und starrte vor sich hin. Der Pfad war bis zum Fuß der Klippen überflutet, und der Strand war verschwunden. Die Flut war gekommen, und es war nur noch funkelndes, blaues Wasser zu sehen und kleine weiße Wellen, die sich an den Felsen brachen.

Karen war sehr erschrocken. Sie begann zu weinen. Sie fragte sich, ob das Meer wohl bis an die Klippen der Bucht ansteigen würde, denn dann musste sie ertrinken. Sie konnte weder an der einen noch an der anderen Seite weitergehen. Sie untersuchte, ob ein Weg die Klippen hinaufführte, aber die Felsen waren zu steil, als dass ein kleines Mädchen hätte hinaufklettern können.

Sie setzte sich auf einen großen Felsbrocken. Noch nie in ihrem Leben hatte sie sich so einsam und verzweifelt gefühlt.

Wenn sie lange genug wartete, würde das Wasser wieder fallen, und der Pfad würde wieder frei sein. Aber sie wusste nicht, wie hoch das Wasser in der Bucht, in der sie saß, ansteigen würde. Es kam näher und näher und reichte schon fast bis an ihre Turnschuhe. Sie dachte an ihren Vater und an ihre Mutter und das neue Baby und an die Kaninchen. Aber sie waren weit weg und konnten ihr nicht zu Hilfe kommen. Sie dachte an Großmutter und Mark. Sie würden sie jetzt sicherlich suchen. Aber wie konnten sie sie finden? Sie wünschte sich so sehr, Mark würde kommen. Mark hätte gewusst, was man machen musste. Bei Mark fühlte sie sich immer so sicher. Aber wie konnte er zu ihr gelangen, wenn der Weg unter Wasser stand?

Großmutter und Mark – sie dachte an das kleine Haus, die warme Küche, die Apfelblüten im Garten, die gemütliche Viertelstunde vor dem Einschlafen, wenn Großmutter auf ihrem Bettrand saß und Geschichten erzählte und Mark

sich im Schlafanzug unter der Wolldecke einrollte. Sie erinnerte sich an die erste Geschichte und dachte über sie nach. Sie handelte vom Wasser, aber sie ereignete sich nicht an einem blau funkelnden Tag wie diesem, sondern in einer dunklen, stürmischen Nacht. Sie handelte von zwölf Männern, die große Angst hatten, genau wie sie. Aber Jesus war gekommen und auf dem Wasser gegangen, und sie hatten keine Angst mehr gehabt. Als Jesus kam, wurde alles gut.

Sie erinnerte sich auch noch an etwas anderes. Großmutter hatte gesagt, Jesus sei jetzt hier, auch wenn wir ihn nicht sehen könnten. Er liebt uns, hört uns und will uns helfen. Mark glaubte nicht daran, aber Großmutter hatte gesagt, es sei wahr, und Großmutter wusste mehr als Mark. Wenn sie Jesus nun erzählte, dass sie Hilfe brauchte, und wenn er zu ihr käme und auf dem Wasser ginge? Sie glaubte nicht wirklich, dass er es tun würde, aber sie konnte es trotzdem versuchen.

»Jesus«, sagte sie und schloss dabei die Augen. Sie faltete die Hände, so wie Großmutter es tat, wenn sie betete. »Bitte komm und hilf mir. Lass das Wasser nicht bis zu mir kommen. Bitte hilf mir, von hier wegzukommen.«

Sie öffnete die Augen, aber sie war immer noch allein. Sie dachte weiter über Jesus nach. Großmutter hatte gesagt, dass er ein guter Mensch gewesen sei, und er wollte, dass wir auch gut sind. Aber sie hatte sich mit Mark gestritten und gestoßen und war hässlich zu ihrem Bruder gewesen. Sie schloss nochmals die Augen.

»Bitte hilf mir«, fuhr sie fort. »Ich will nicht mehr streiten, nie mehr, und wenn du willst, kann Mark das schwarzweiße Kätzchen bekommen.«

Sie öffnete wieder die Augen und blinzelte. Ein Schiff kam in rascher Fahrt um die Klippen gefahren. Es fuhr direkt auf die Bucht zu – sie konnte schon das Brummen des Motors hören. Einen Moment lang dachte sie, es wäre Jesus, aber dann fiel ihr ein, dass Jesus nicht in einem Schiff gekommen war, sondern auf dem Wasser ging. Aber es war egal, wer kam, wenn überhaupt jemand kam. Sie sprang auf und rief und winkte, so sehr sie konnte.

Das Schiff kam ganz nah an sie heran. Ein Mann sprang heraus und trug sie an Bord. »Was

hast du dir nur dabei gedacht?«, fragte er, als er losfuhr. »Deine Großmutter und deinen Bruder so in Angst und Schrecken zu versetzen! Lauf ja nicht wieder allein fort!«

Karen hielt sich am Schiffsrand fest, als sie aus der Bucht hinausfuhren, und nahm sich fest vor, es nie, nie wieder zu tun.

# 6

Großmutter und Mark saßen auf einem großen Felsen und warteten darauf, dass das Schiff zurückkam. Nachdem Großmutter telefoniert hatte, war es sofort gekommen. Der diensthabende Mann konnte sich auch sofort vorstellen, dass Karen in die nächste Bucht gelaufen sein musste, bevor die Flut ganz hereingebrochen war. Aber auch die Bucht würde bald überflutet sein, und er wollte sofort losfahren und sorgfältig Ausschau halten. Er hatte den Motor angeworfen und war kurz darauf um die Ecke gebogen.

Großmutter sprach kein Wort. Sie schien Mark vergessen zu haben, der still neben ihr saß und sich schrecklich einsam vorkam. Er wusste, dass er schuld war, wenn Karen etwas zustoßen sollte. Vielleicht war Großmutter böse auf ihn, dass sie nicht einmal mit ihm sprach. Er sah zu ihr auf und bemerkte, dass ihre Augen geschlossen waren, genau wie abends, wenn sie betete. Da wusste er, dass sie für Karen betete.

»Ob Beten hilft?«, dachte Mark. Er schloss die Augen und betete leise: »Bitte, Gott, wenn du da bist, hilf, dass Karen gefunden wird.«

Er dachte über Karen nach. Wenn sie nun nie mehr zurückkäme? Wie schrecklich wäre es ohne Karen. Und was würden Mama und Papa sagen? Plötzlich tat es ihm sehr leid, dass er sie gestoßen hatte und dass er so selbstsüchtig gewesen war. »Ich will nett zu ihr sein. Meinetwegen kann sie das Tigerkätzchen haben.«

Als er aufsah, bemerkte er, wie das Schiff wieder um die Ecke bog und die Küste entlangfuhr – viel früher, als sie erwartet hatten. »Großmutter«, rief er und sprang auf, »es kommt. Sieh mal, da ist Karen.«

Sie standen dicht beieinander und beschirmten mit den Händen die Augen vor der Sonne. Plötzlich tat Großmutter einen tiefen Seufzer der Erleichterung und setzte sich.

»Sie ist da«, sagte sie, »danke, Gott!«

Mark rannte zum Eingang der kleinen Bucht, wo die Wellen an die Klippen schlugen. Das Schiff der Küstenwache fuhr in die Bucht, und der Mann winkte Großmutter fröhlich zu, als er

Karen abgesetzt hatte. Mit den Schuhen im Wasser standen Karen und Mark da und umarmten sich. Dann rannte Karen zur Großmutter hinauf. »Großmutter«, fragte sie überrascht, »warum weinst du denn? Schau doch, ich bin in Sicherheit.«

»Ja, das sehe ich«, sagte die Großmutter und hielt sie umschlungen. »Darum weine ich ja.« Und dann lachten sie alle miteinander.

Auf dem Heimweg waren alle ziemlich still. Mark und Karen wussten, dass sie sehr ungezogen gewesen waren, und Großmutter hatte allen Grund dazu, böse auf sie zu sein. Aber Großmutter war nicht böse. Sie schien nur sehr müde zu sein.

»Wir haben uns alle furchtbar aufgeregt«, dachte Großmutter. »Aber jetzt wollen wir fröhlich sein. Ich will später mit ihnen reden. Vielleicht haben sie ohnehin schon ihre Lektion gelernt.«

Es war zu spät, um zum Leuchtturm zu fahren. Darum vereinbarten sie, es auf den nächsten Tag zu verschieben. Das Mittagessen schmeckte allen besonders gut, und als sie fertig waren, schlief Karen vor Müdigkeit im Sessel ein. Später gingen sie zum Bauernhof hinüber, um die Kälber zu füttern, und beide durften sogar noch reiten. Mark sagte nicht, Karen sei zu klein. Er half ihr beim Auf- und Absteigen und hielt die Zügel, damit das Pferd nicht in einen zu schnellen Trab verfiel.

Müde und glücklich gingen sie am Abend ins Bett, und als Großmutter kam, um die Gute-Nacht-Geschichte zu erzählen, waren Mark und Karen davon überzeugt, dass an diesem Abend eine ganz besondere Geschichte an der Reihe sei. So hörten sie aufmerksam zu. Sie handelte von zehn Männern, die alle eine schreckliche Krankheit hatten, die Aussatz hieß.

»In Afrika gibt es diese Krankheit auch heute noch«, sagte Mark.

»Ja«, sagte Großmutter, »aber heute ist sie heilbar. Damals gab es noch keine Medizin dagegen. Die Kranken waren ganz mit Flecken und Wunden bedeckt und mussten ihre Familien und ihren Wohnort verlassen, um niemanden anzustecken. Sie wohnten in Höhlen, und keiner traute sich in ihre Nähe. Ihre Verwandten brachten ih-

nen Essen, das sie sich an einem verabredeten Ort abholten. Aber diese zehn Männer hatten von Jesus gehört. Sie gingen ihm entgegen und warteten am Hang des Berges auf ihn. Sie wagten nicht, der Straße zu nahe zu kommen. Als sie Jesus kommen sahen, riefen sie laut: ›Jesus, Meister, hab Erbarmen mit uns.‹

Jesus hielt an. Er hatte keine Angst vor ihrer Krankheit. Er wollte den Männern helfen. Er befahl ihnen, in ihr Heimatdorf zurückzukehren, denn er wusste: Noch bevor sie dort eintrafen, würden sie gesund sein.

Und sie glaubten es ihm. Sie liefen die Straße entlang und jauchzten vor Freude, denn sie waren geheilt. Ihre Flecken und Wunden waren verschwunden. Kräftig und gesund kamen sie zu Hause an.

Alle, außer einem – der war ein Ausländer. Er hielt plötzlich an, kehrte um und lief zu Jesus zurück, fiel vor ihm nieder und dankte ihm von ganzem Herzen.

Jesus war traurig: ›Ich habe doch zehn geheilt‹, sagte er. ›Wo sind denn die anderen neun? Ist nur einer zurückgekommen, um sich zu bedanken?‹

Aber er freute sich über diesen einen Mann. ›Steh auf und geh in Frieden‹, sagte Jesus zu ihm. ›Dein Glaube hat dich geheilt.‹

Und der zehnte Mann ging noch viel fröhlicher nach Hause als die anderen. Sie waren auch geheilt worden, aber der zehnte hatte mit Jesus gesprochen und ihn kennengelernt. Er hatte Jesus durch seinen Dank froh gemacht.«

»Sollen wir Gott ›Danke‹ sagen, weil ich gerettet worden bin?«, fragte Karen. »Weißt du, Großmutter, als ich dort in der Bucht saß, dachte ich an Jesus, als er auf dem Wasser gegangen ist. Ich bat ihn, mir zu helfen, und da sah ich das Schiff kommen.«

»Es war aber nicht Jesus, sondern die Küstenwache«, sagte Mark.

»Aber so beantwortet Gott unsere Gebete«, erklärte Großmutter. »Jesus ist jetzt zwar nicht mehr auf der Erde, aber er ist da mit seiner Liebe und seiner Kraft und wirkt auch durch andere Menschen. Gott war es, der das Ehepaar vor dem Laden darauf aufmerksam gemacht hat, wohin du gegangen warst, und der die Küstenwache so schnell kommen ließ. Gott hat dir geholfen, still zu sitzen und zu warten, statt zu versuchen, die Klippen hinaufzuklettern oder um die Ecke zu schwimmen oder sonst irgendwelche dummen Sachen zu machen. Wir haben gebetet, und er hat uns geholfen. Wir müssen ihm auf jeden Fall danken.«

Daher schlossen sie jetzt alle die Augen, und Großmutter dankte Gott dafür, dass er auf Karen aufgepasst hatte. Karen musste noch einmal an den schrecklichen Augenblick denken, als sie bemerkte, dass sie ganz vom Wasser umgeben war. Und Großmutter und Mark erinnerten sich daran, wie sie auf dem Felsen gesessen und sich ängstlich gefragt hatten, ob Karen ertrunken sei. Aber am Schluss war alles zu einem guten Ende gekommen. Auch Mark wusste, dass jemand da gewesen war, der sie gehört und ihnen geholfen hatte.

Aber es gab noch etwas anderes, an das Mark und Karen sich erinnerten. Seit sie vom Strand zurückgekehrt waren, hatte noch niemand über die Kätzchen gesprochen. Darüber mussten sie beide noch sehr sehr gründlich nachdenken.

# 7

Am nächsten Morgen lachte die Sonne nur so ins Fenster herein. Ein idealer Tag, um zum Leuchtturm zu fahren, stellte Mark fest. Er sprang rasch aus dem Bett.

»Großmutter«, rief er, »lass uns gleich frühstücken und dann ein Picknick mitnehmen zum Leuchtturm.«

Großmutter stand in der Küche und brühte sich gerade Tee auf. Sie versprach, frühzeitig aufzubrechen.

»Soll ich allein zum Laden gehen heute Morgen?«, fragte Mark. »Karen könnte dir beim Vorbereiten helfen. Dann wären wir schneller fertig. Wollen wir Chips und Popcorn zum Picknick mitnehmen, Großmutter?«

»Ja, gut«, meinte Großmutter, »und als besondere Überraschung können wir unterwegs in einem Bauernhaus Tee mit frischer Sahne trinken. Aber Karen möchte vielleicht auch gern einkaufen. Wir müssen warten, was sie sagt.«

Zu Großmutters Überraschung schien Karen ganz damit einverstanden zu sein, dass Mark allein zum Laden ging. Es schien ihr gar nicht schnell genug zu gehen, bis er endlich das Haus verlassen hatte. Sobald er fort war, zog sie Großmutter zu sich aufs Sofa.

»Großmutter«, sagte sie, »es handelt sich um die Kätzchen.«

»Was für Kätzchen?«, fragte Großmutter.

»Die Kätzchen, um die wir uns gestritten haben«, berichtete Karen. »Wir haben es dir noch nicht gesagt. Aber das war der Grund, warum ich weggelaufen bin. Sie sind in dem Haus auf dem Hügel hinter dem Laden, und man braucht nichts dafür zu bezahlen. Ich wollte das getigerte – es ist so süß, Großmutter, das süßeste Kätzchen, das du je gesehen hast. Aber Mark wollte das schwarzweiße. Da haben wir uns gestritten, und ich bin weggelaufen, und dann …«

Karen war plötzlich still.

»Nun?«, fragte Großmutter, »sprich weiter.«

»Ja, als ich am Strand war«, sagte Karen langsam, »dachte ich, ich will nicht mehr mit Mark streiten, und ich will ihn das schwarzweiße Kätzchen nehmen lassen. Und, Großmutter, könnten wir nicht jetzt hingehen und es holen, jetzt gleich? Wir könnten über die Weide laufen, damit wir ihm nicht begegnen. Ich möchte ihn so gern damit überraschen.«

»Aber«, warf Großmutter ein, »was wird Mama dazu sagen? Denkst du, sie will zu dem neuen Baby eine Katze im Haus haben?«

»Sie hat bestimmt nichts dagegen«, versicherte Karen. »Wir haben Platz genug für beide. Und wenn sie es wirklich nicht will, könntest du sie ja behalten, Großmutter, und wir könnten damit spielen, wenn wir dich besuchen.«

»Nun«, sagte Großmutter, »ich hätte nichts dagegen. Ich glaube, ich habe neulich eine Maus in der Speisekammer gehört. Ich hatte sowieso vor, mir eine Katze anzuschaffen. Lass uns gleich losgehen, bevor Mark nach Hause kommt.«

Sie holten einen Schließkorb, verließen das Haus durch die Hintertür und überquerten die Weide. Der Weg war weiter, aber viel schöner. Der Tau lag noch silbrig leuchtend auf dem Gras, aber die Gänseblümchen- und Löwenzahnblüten begannen schon, sich der Sonne zu öffnen. Karen ging sehr langsam und war schweigsam. Es würde nicht leicht sein, das kleine Tigerkätzchen wiederzusehen, ohne es zu bekommen. Als sie sich dem Haus näherten, griff sie nach Großmutters Hand und hielt sie fest.

Die Frau, die ihnen einen Tag vorher die Kätzchen gezeigt hatte, war nicht zu Hause, und ihr Mann öffnete die Tür. Er begrüßte Großmutter freudig.

»Ihr wollt ein Kätzchen holen?«, fragte er. »Meine Frau hat mir von euch beiden gestern erzählt. Habt ihr euch jetzt entschieden? Wir haben Glück, heute Morgen kam schon ein Junge vorbei und nahm eins mit, gerade nachdem meine Frau zum Markt gegangen war …«

Karen hielt den Atem an. Wie, wenn jemand das schwarzweiße Kätzchen mitgenommen hatte und sie Mark nicht damit überraschen konnte? Sie rannte in den Schuppen. Doch es war alles in Ordnung. Die schwarzweiße Katze war noch da und klammerte sich an den Rand des Körbchens. Das getigerte Kätzchen war fort, aber Karen war froh darüber. Es zu sehen und dann dort lassen zu müssen, wäre ihr sicher sehr schwer gefallen.

Sie hielt Flecky im Arm. Er war sehr weich und flauschig und sah sie mit seinen großen, blauen Babyaugen an. Sie streichelte ihn sanft. »Lieber, lieber kleiner Flecky«, flüsterte sie. »Du bist zwar nicht so schön wie Flauschi, aber ich hab dich sehr lieb.« Dann zog sie an Großmutters Hand. »Großmutter, komm schnell«, rief sie. »Ich will ihn Mark zeigen. Er ist bestimmt schon wieder zu Hause.«

Sie eilten die Straße hinauf und nahmen das kleine Kätzchen im Korb mit. Als sie das Haus erreichten, wartete Mark schon am Gartentor, offenbar sehr zufrieden mit sich selbst.

»Wo wart ihr?«, fragte er. »Ich habe euch überall gesucht. Kommt nur in die Küche, ich habe eine Überraschung für euch.«

»Ich habe auch eine für dich«, rief Karen. Sie eilte in die Küche, und da, mitten auf dem Tisch, stand die kleine Tigerkatze und leckte Milch aus Großmutters feinster Porzellanuntertasse.

»Das ist ja Flauschi!«, rief Karen. »Und hier ist Flecky.« Sie öffnete den Korb, und Flecky sprang heraus und versuchte, Flauschi von der Milch wegzudrängen. Sie sprangen beide auf die

Untertasse, und die Milch lief über das Tischtuch. Die Kätzchen sprangen zur Seite und leckten die Milch begierig auf.

»Du liebe Güte, setzt sie auf den Boden«, klagte Großmutter, die einen Moment lang doppelt zu sehen glaubte. »Ich muss das Tischtuch gleich einweichen. Sie können natürlich nicht aus meinem besten Geschirr trinken. Seht, dort am Spülbecken steht ein Blechteller. Bis sie stubenrein sind, müssen sie im Schuppen schlafen. Ich weiß nicht, was Mama dazu sagen wird. Wir müssen sie heute Abend anrufen.«

»Dürfen wir die Kätzchen zum Picknick mitnehmen?«, fragte Mark.

»Wir können sie doch nicht allein lassen«, pflichtete Karen ihm bei.

Als sie die Butterbrote geschmiert und Picknick und Badezeug eingepackt hatten, setzten sie sich alle in Bewegung. Großmutter saß vorn am Steuer, und Mark, Karen, Flecky und Flauschi saßen hinten. Die Kätzchen reisten in einem großen Karton, der mit Großmutters altem Wollpullover gepolstert war. Sie kuschelten sich aneinander, und man sah ihnen an, dass sie sich warm und behaglich fühlten. Später, als sie am Leuchtturm angekommen waren und gegessen hatten, liefen sie zwischen den Gänseblümchen umher. Am Nachmittag fuhren alle an den Strand, und Mark und Karen badeten. Großmutter saß auf einem Stein, und die Kätzchen rollten sich im Sand. Der Sahnetee im Bauernhaus bildete den Schlusspunkt eines wunderschönen Tages.

8

Um sechs Uhr riefen sie Mama an. Zuerst sprach Großmutter, und Mark und Karen warteten an der Tür. Sie konnten natürlich nur verstehen, was an diesem Ende des Telefons gesprochen wurde, aber sie konnten sich mehr oder weniger vorstellen, worum es ging.

»Wie geht's bei euch?«, fragte Großmutter. »Nicht mehr lange? … Gut … oh, es geht ihnen gut, aber sie haben mich gebeten, dich etwas zu fragen. Würde es dir etwas ausmachen, wenn sie beide ein Kätzchen mit nach Hause bringen? … Nun, ja, ich weiß, es tut mir leid, aber es war ein Missverständnis; jeder hat eins für den anderen besorgt … Ja, es sollte eigentlich nur eins sein. Ich schreibe euch, um es euch zu erklären … Nein, es werden nicht noch viele andere dazukommen, es sind beides Kater … Ja, Liebes, ich weiß, dass ihr ein Baby bekommt, aber es würde sicherer sein auf der Veranda. Es gibt noch mehr Katzen außer diesen … Ja, ich weiß, es kostet

Geld, aber ich werde etwas dazugeben zum Katzenfutter ... Denkt mal darüber nach, und lasst uns wissen, wie ihr euch entschieden habt ... Ich gebe dich jetzt an Mark weiter.« Mark übernahm den Hörer, und Karen hörte gespannt zu.

»Mama, das geht in Ordnung mit dem Baby«, sagte er sehr schnell und laut. »Ich hatte einen Schulfreund, und die hatten auch ein Baby und einen Kinderwagen und eine Katze, und sie deckten ihn mit einer Gardine ab ... Nein, Mama, nicht über die Katze, sondern über den Kinderwagen ... Das wäre viel sicherer, denn Browns nebenan haben eine riesige Katze ... O.K., Mama, frag Papa und erzähl es uns bitte morgen, aber bitte sag ja ...«

Karen riss ihm den Hörer weg. »Mama«, bettelte sie, »es sind die süßesten kleinen Kätzchen, die du je gesehen hast. Sie heißen Flecky und Flauschi. Und Mama, eigentlich sollte es nur eins sein, aber wir stritten uns, und ich rannte weg, und die Flut kam, und ich wäre beinahe ertrunken, und die Küstenwache rettete mich, und dann gingen wir beide und holten aus Versehen die andere ... Nein, Mama, es ist alles in

April

Ordnung. Ich bin nicht ertrunken. Es geht mir gut … Ich habe dir nur erzählt …«

Großmutter nahm Karen den Hörer energisch aus der Hand.

»Karen geht es gut«, sagte sie. »Ich schreibe dir und erzähle euch alles genau. Sagt uns Bescheid, wenn das Baby kommt. Auf Wiedersehen, und Gott behüte euch. Wir rufen euch morgen um sechs wieder an.«

Aber sie riefen nicht um sechs an, weil Papa um fünf anrief – jedoch nicht wegen der Kätzchen! Als sie das Telefon klingeln hörten, aßen Mark und Karen ruhig weiter. Es war ja noch zu früh für einen Anruf der Eltern. Erst als sie hörten, was Großmutter sagte, rannten sie in den Flur und klatschten leise in die Hände.

»Ein kleiner Junge!«, rief Großmutter. »Oh, Brian, ich bin so dankbar … wie Großvater? Wie lieb! Geht es Anne gut? … Wunderbar … Ja, ich sorge dafür, dass sie zum Mittagessen fertig sind. Sie werden sich riesig freuen, nach Hause zu kommen. Hier kannst du mit ihnen sprechen.«

»Es ist ein Junge«, flüsterte Mark. »Hurra!«

»Es ist ein Baby«, dachte Karen, »und mir ist

es egal, ob es ein Junge oder ein Mädchen ist. Mama sagt, ich könnte es baden und im Kinderwagen ausfahren.«

Papa erzählte ihnen immer wieder von dem Baby, das nach Großvater Richard John genannt werden sollte, 4134 Gramm wog, dichtes, schwarzes Haar hatte und eine sehr laute Stimme. Als Papa schließlich zu Ende gesprochen hatte, fragte Karen: »Und was ist mit den Kätzchen? Dürfen wir sie behalten?«

»Kätzchen?«, fragte Papa. »Was für Kätzchen?«

»Unsere Kätzchen, Flecky und Flauschi. Hat Mama dir nichts davon gesagt?«

»Nein, sie war gestern Abend mit ihren Gedanken bei dem Baby. Was ist denn damit?«

»Können wir sie behalten? Jeder eins?«

»Ja sicher, wenn ihr auf sie aufpasst. Ein paar Kätzchen machen ja nicht viel Arbeit. Haltet sie in einem Karton bereit, wenn ich Freitag komme.«

»Freitag!«, rief Karen und sprang vor Freude auf und ab. »Das ist übermorgen. Könnten wir nicht morgen fahren, Großmutter? Ich möchte das Baby so gern sehen.«

Mark blickte nachdenklich drein. Er ging zur Großmutter hinüber und rieb seinen Kopf an ihrer Schulter. »Wir verlassen dich nur ungern, Großmutter«, sagte er. »Es war wirklich schön bei dir. Es ist nur, weil wir uns so auf das Baby freuen. Könntest du nicht mitkommen?«

Großmutter fuhr ihm durchs Haar. »Schon gut, Mark«, sagte sie. »Ich kann es verstehen. Ich möchte das Baby auch gern sehen. Ich habe schon gedacht, ob ihr nicht alle in den Sommerferien zu mir kommen wollt. Es sind nicht mal drei Monate bis dahin.«

Die Kinder fanden, das sei eine prima Idee, die Zeit würde ja schnell vorbeigehen. Am nächsten Morgen fuhren sie nach Bideford, um von ihrem restlichen Taschengeld Geschenke für das Baby zu kaufen: ein Lätzchen mit einem Rotkehlchen und eine hellblaue Rassel mit einer Glocke. Am Nachmittag gingen sie noch mal zum Schwimmen. Dann war es Zeit, Primeln für Mama zu pflücken, dem Bauern und seinen Tieren »Auf Wiedersehen« zu sagen, zu packen und den Kätzchen beim Abendessen zuzusehen. Schließlich lag Karen im Bett, und Mark saß mit überkreuzten Beinen am Fußende, die Wolldecke um die Schultern geschlungen. Großmutter hatte sich im Sessel zurückgelehnt. Sie sah sehr müde aus.

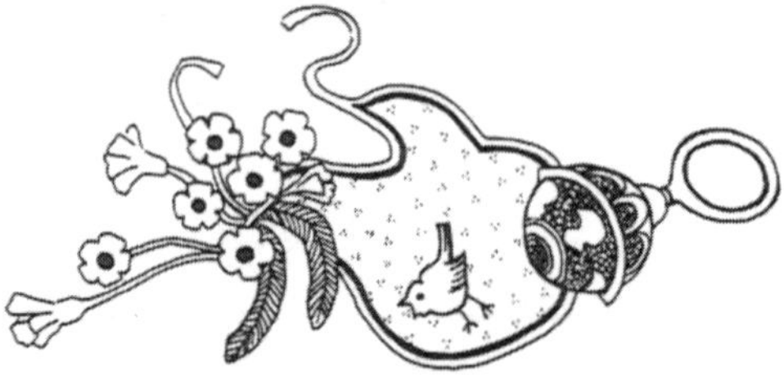

»Morgen werde ich das Baby im Arm halten«, freute sich Karen und wackelte mit den Zehen.

»Ich auch«, schwärmte Mark. »Wir wechseln uns ab.«

»Er hat es gut«, fügte Großmutter schnell hinzu, bevor ein neuer Streit ausbrach, »in eine Familie wie eure hineingeboren zu sein, mit liebenden Eltern, einer Schwester, die groß genug ist, um nach ihm zu sehen, und einem Bruder, der alt genug ist, um ihm Dinge zu zeigen und ihn zu beschützen.«

»Und zwei Kätzchen«, ergänzte Karen.

»Und vier Kaninchen«, sagte Mark.

»Und all unsere Spielsachen«, begann Karen wieder. »Oh, ich kann es nicht erwarten! Großmutter, erzähl uns eine Geschichte, eine besondere, weil es unser letzter Abend ist.«

»Gut«, willigte Großmutter ein. »Wir haben von dem Baby gesprochen, das in eure Familie hineingeboren worden ist. Darum erzähle ich euch von dem Mann, der noch einmal geboren werden wollte.«

»Wie dumm«, sagte Mark.

»Das geht doch nicht«, meinte Karen.

»Wartet ab und seht selbst«, erwiderte Großmutter.

Sie erzählte ihnen, wie die religiösen Führer des Landes, in dem Jesus lebte, eifersüchtig auf Jesus waren, weil er Kranke heilte und Blinde sehend machte. Jeder mochte Jesus. Den anderen Lehrern wollte niemand mehr zuhören. Alle wollten Jesus hören.

»So kamen die Führer und Lehrer zusammen und schmiedeten einen Plan. Sie erzählten den Leuten, Jesus sei ein böser Mensch, darum sollten sie nicht zu ihm gehen und ihm nicht zuhören. Aber einer der Führer namens Nikodemus wollte ihn trotzdem hören. Er wusste, dass Jesus gut war und die Menschen lieb hatte. Weil er nicht wollte, dass die anderen ihn sahen, wartete er, bis es dunkel war, schlich durch die Straßen und klopfte an die Tür.

›Komm herein‹, sagte Jesus.

›Meister‹, sagte Nikodemus, ›ich weiß, dass Gott dich gesandt hat, und ich möchte wissen, wieso du all diese wunderbaren Dinge tun kannst.‹ Jesus sagte zu ihm: ›Wenn du das verstehen willst, musst du von neuem geboren werden.‹ «

»Das ist dumm«, warf Mark ein, »ich habe es schon mal gesagt.«

»Was meinte er damit?«, fragte Karen.

»Genau das wollte Nikodemus auch wissen«, antwortete Großmutter. »Er war ähnlich wie Mark. Wir haben von eurem Baby gesprochen, das in eure Familie hineingeboren worden ist, das Mama und Papa gehört. Jesus ist Gottes Sohn, und wenn wir zu ihm kommen und ihn lieb haben, dann werden wir auch Gottes Kinder, und Gott wird unser himmlischer Vater. Wir werden in Gottes Familie hineingeboren, und all die anderen Menschen, die Jesus auch lieb haben, sind wie unsere Brüder und Schwestern. Wir haben uns lieb und helfen einander.«

»Wie?«, fragte Karen.

»Wenn wir ihn darum bitten«, gab Großmutter Auskunft. »Wenn du Gott sagst, dass du zu ihm gehören möchtest und ihn deinen himmlischen Vater nennst. Und wenn du nach seinem Willen leben und so wie Jesus die anderen lieb haben möchtest, dann gehörst du zu seiner Familie.«

Sie redeten noch ein wenig miteinander, dann betete Großmutter. Sie dankte Gott für das neue Baby und bat, dass Mark und Karen verstehen möchten, was es bedeutet, in Gottes Familie geboren zu werden. Dann deckte sie Karen zu und gab beiden einen Gute-Nacht-Kuss. »Schlaft schnell ein«, sagte sie, »die Nacht geht schnell vorbei.«

Mark ging in sein Zimmer. Er kniete an seinem Fenster und legte seine Arme aufs Fensterbrett. Er sah auf den schwarzen Kanal hinaus und den großen dunklen Himmel darüber. Aus Millionen von Kilometern Entfernung funkelten die Sterne. Das Weltall war so groß und weit, dass er sich sehr klein und einsam vorkam. Vielleicht war es gut zu wissen, dass er zu einem himmlischen Vater gehörte, der die Sterne und das Meer lenkte, der sich aber gleichzeitig um einen einzelnen kleinen Jungen kümmerte.

Karen rollte sich in ihre Bettdecke ein und dachte an das Baby: »Unsere Familie ... Gottes Familie ... Großmutter, Mama und Papa, Mark und ich und Richard John ... Flecky, Flauschi und die Kaninchen und ein liebender himmlischer Vater ... Es ist schön dazuzugehören ...«

Bald darauf war Karen eingeschlafen.